Les contes de la

Poppy et

Milo arrête le train

Heather Amery

Illustrations : Stephen Cartwright

Directrice de la collection : Jenny Tyler

Cherche le petit canard, il y en a un sur chaque page.

Voici la ferme des Pommiers.

Madame Poirier, la fermière, a deux enfants, Poppy et Sam. Elle a aussi un chien qui s'appelle Caramel.

Voici Louis.

Louis travaille à la ferme. Il arrive avec le tracteur et appelle madame Poirier.

« Qu'y a-t-il ? » demande madame Poirier.

« Le train doit avoir un problème. Il n'arrête pas de siffler ! » répond Louis.

« Allons voir ! »

« Poppy et Sam, venez avec nous », dit madame Poirier. Ils coupent à travers champs. Caramel les suit.

Ils arrivent rapidement près de la voie.

Ils aperçoivent le train à vapeur. Il est arrêté, mais il fait quand même de la fumée et siffle.

« Regardez ces moutons ! »

« Ils sont sur la voie, dit Poppy. C'est pour cela que le train est arrêté. » « Ils n'ont peur de rien ! » dit Sam en riant.

« Mais c'est ce coquin de Milo ! »

« Il s'est encore échappé de son champ », dit Poppy.
« Il devait avoir envie de voir le train ! » dit Sam.

« Il faut les faire partir de là. »

« Venez avec moi », dit madame Poirier. Sam appelle Caramel et ils s'avancent tous vers les moutons.

« Comment allons-nous les faire rentrer ? »

« Nous n'arriverons pas à leur faire monter le talus », dit Louis. « Et s'ils prenaient le train ? » dit madame Poirier.

« Viens par ici, Milo ! »

Ils font avancer les moutons sur la voie. Milo essaie de se sauver, mais Caramel le rattrape.

« Nous allons les porter. »

« Aide-moi, Louis, s'il te plaît », dit madame Poirier.
Et les moutons sont hissés un par un dans le wagon.

« En voiture ! »

Poppy, Sam, madame Poirier, Louis et Caramel montent dans le wagon. Madame Poirier fait signe au mécanicien.

Le train repart doucement.

Il s'arrête à la gare. Madame Poirier ouvre la portière et Poppy et Sam sautent sur le quai.

« Combien de passagers ? » dit le contrôleur.

« Six moutons, un chien et quatre personnes.
C'est tout ! » répond madame Poirier.

« On rentre ! » dit madame Poirier.

Ils ramènent les moutons à la ferme. « En fait, Milo voulait juste faire un petit tour en train ! » dit Sam.